林鷺 著
Poems by Lin Lu

黃暖婷、戴茉莉 英譯
Translated by
Faustina Nuanting Huang,
Emily Anna Deasy

秦佾 西譯
Traducción de Chin Yi

海的聲音

The Voices of the Sea
Los Voces del Mar

林鷺漢英西三語詩集
Mandarin – English – Español

台灣詩叢 • Taiwan Poetry Series 15

【總序】詩推台灣意象

叢書策劃／李魁賢

　　進入21世紀，台灣詩人更積極走向國際，個人竭盡所能，在詩人朋友熱烈參與支持下，策畫出席過印度、蒙古、古巴、智利、緬甸、孟加拉、尼加拉瓜、馬其頓、秘魯、突尼西亞、越南、希臘、羅馬尼亞、墨西哥等國舉辦的國際詩歌節，並編輯《台灣心聲》等多種詩選在各國發行，使台灣詩人心聲透過作品傳佈國際間。

　　多年來進行國際詩交流活動最困擾的問題，莫如臨時編輯帶往國外交流的選集，大都應急處理，不但時間緊迫，且選用作品難免會有不週。因此，興起策畫【台灣詩叢】雙語詩系的念頭。若台灣詩人平常就有雙語詩集出版，隨時可以應用，詩作交流與詩人交誼雙管齊下，更具實際成效，對台灣詩的國際交流活動，當更加順利。

　　以【台灣】為名，著眼點當然有鑑於台灣文學在國際間名目不彰，台灣詩人能夠有機會在國際努力開拓空間，非為個人建立知名度，而是為推展台灣意象的整體事功，期待開創台灣文學的長久景象，才能奠定寶貴的歷史意義，台灣文學終必在世界文壇上佔有地位。

　　實際經驗也明顯印證，台灣詩人參與國際詩交流活動，很受重視，帶出去的詩選集也深受歡迎，從近年外國詩人和出版社與本人合作編譯台灣詩選，甚至主動翻譯本人詩集在各國文學雜誌或詩刊發表，進而出版外譯詩集的情況，大為增多，即可充分證明。

　　承蒙秀威資訊科技公司一本支援詩集出版初衷，慨然接受【台灣詩叢】列入編輯計畫，對台灣詩的國際交流，提供推進力量，希望能有更多各種不同外語的雙語詩集出版，形成進軍國際的集結基地。

目次

禮讚安地斯山脈

綠色綿延的安地斯山脈呀！
陪我走入遙遠的夢境
錯落的高大仙人掌
預告美麗隱藏著苦悶與艱辛

曲折起伏的山路無盡頭
詩人的臉
慘白在
車窗外顛顛簸簸的岩石與谷地

無人看顧的黃色野菊唷！
你們放適展顏的意志來自哪裡？
碧洗的藍天呀！
可是為了抱攬那無邪的白雲？

牧人的長鞭
揮舞點綴綠毯上的牛羊

淙淙水瀑的聲音
喃喃感謝脫離酷寒的溫情

偉大傲岸的安地斯山脈呀！
古文明的歌聲與節奏
在日日咀嚼古柯葉的齒縫裡
不斷向神的詩句致意

海的聲音

我們一起面向海

沉默

只是為了把聲音留給大海

午後的晴朗

必須撐起一把傘

讓海岸無止境地伸展

向著那不知如何回顧的過往

您衰弱的步履

終於

屈服在雙手使力下的欄樁

瞇起夾著縐紋的雙眼

努力抵抗烈日下

波濤閃閃跳動的金光

我默默地記下您的側影

很想告訴您

轉身之後

還有您嚮往的

白皚皚高聳的鹽山
堆疊著
您被青春提煉出的髮色
這是我們最後一次去看海
沉默是最後的對白
我們把隱藏親情的聲音
留給最愛的大海

我們回家

母親不在
我們約好一起回家
守門的老狗
終究也上了天堂
破舊的家門
近處的兄姊已修好
大清早我們決定回家
聞一聞母親的味道
看一看牆上
從沒離開過的阿嬤

半夜輾轉不眠
想起被子
不再聞出太陽的味道
枕頭也沒人問是否太高
最難跨越的是
經過那扇到大門的小窗

廚房不再飄出魚香
懷疑喉嚨是否
還升得高音量通報
已經到家

故鄉

濃濃的魚腥味

把故鄉從晨曦中喚醒

粉紅色的天空預告

將是無風無雨的一天

我用力呼吸

跨越天人菊的熟悉空氣

成長的住家半夜傳來

船隻啟航的鳴笛

離別在這裡

曾經是一場生死的判決

鄰居裸露的古銅膚色

不再世代交替

只有成排的路樹

仍然傲示

對抗強風的頑強身軀

不要談政治

選舉到了
你們千萬不要談政治
他們紛紛跳上神壇
聲稱自己
才是不世出的真神
你們都是
等待被解救的凡人
這無關政治
儘管顧好自己的肚子
天塌下來
有神願意替你頂著
這世界
沒有先知
也缺少起碼的門徒
街上到處都是稱職的
追隨者
我們仍然活在一個

還沒有
失去自由的世界
儘管拿著
你效忠的旗幟
到處揮舞
選舉就快到了
你們千萬不要談政治

問太陽

走過多少地方
看過多少日出日落
同一顆太陽
卻有不一樣的心情
太陽啊！
你上山下海
行走火山冰原
俯視沼澤荒漠
看盡萬物的曲折演變
你的心
可曾覺得疲憊蒼老
這麼多忙碌活著的人
為何只剩下
日夜交替的感知
不在乎黃昏來的時候
是否有歸鳥展翅

從你美麗溫柔的輪廓
成群自由地飛過

最後一眼

終於知道
老了也會像小孩子
因為看不到媽媽
就躲起來偷偷哭泣

為了看看媽媽
撐著的傘
一路抵擋強力海風的吹折
為了摸摸媽媽的鼻息
無情的雨
打向我急走而汗濕的衣衫

就在這一天
媽媽努力睜開她的眼睛
看了我
最後的一眼

再也找不到媽媽

暗夜裡
獨自不停偷偷地啜泣
原來我只不過是
一個
老了的小孩

面向遼闊

仰看天空的廣闊

我不想被細節捆綁

目視海洋的潮波

我揣度存有的深度

覺知

頭腦向來沒有能力

為未來的變數

精心算計

雲有無法越過的高山

鳥有時

必須在絕地築巢

高傲的樹

總會無預警地倒下

我們為愛

討論痛苦來的時候

何時放棄急救

卻困在

自主權無法自主的泥淖
我想在活著的時候
捨棄無關緊要的細節
面向遼闊
聽海潮進退的起伏

停宿部落

深山部落的安靜
讓狗的吠聲特別大聲
原住民燒柴的煙霧
終於和疲累
從空氣中慢慢消散
打開向山的窗
讓沒有冷氣機的清涼
鬆鬆昏睡的筋骨
山還停留成
一片黑色的布幕
全新的一天
卻悄悄從幕後
開始清掃
昨日殘流天際的雲霧
我們說好
今天不在原始林中
匆匆趕路

紅色情鎖

用密碼鎖住愛情的承諾
年輕的心紅通通
煩惱一生該用幾個鎖
才能鎖住愛情
愛情的隱危

在使用情愛進行侵略
讓邪惡的心
順著賀爾蒙設計好的陷阱
掌握一把愛情的鎖
然後毫不留情
把密碼調成
富有正當性的掠奪
在一切講求速度的時代
偽裝的速食愛情
用一把鑰匙
衡量折舊浪漫的速度

為愛尋找理由

炎熱的七月

腳步充斥

病痛與衰老的警訊

死亡的可能

討論著人生的話題

汗水和眼淚

在一片廢棄的時光裡

努力灌溉

突危而出的意志力

我在為愛

從破舊的窗口

努力尋找

生命存在的理由

面具

一個人要戴多少面具

才能過完一生

一副面具

要掩飾多少蠢動的慾望

才能滿足驅使的主人

千變萬化的面具

過著自衛又侵略的人生

寫些不為人知的劇本

面具如果有愛

想必辛酸

面具如果包藏控制算計

畢竟辛苦

一個人要卸下多少面具

才能過完一生

枯樹

一棵曾經自傲高大的樹
為何折斷仰天的身軀
還不願意離開站立的土地
失去
進行光合作用的能力
也就失去
光鮮亮麗的綠色豪氣
只能無奈裸露
無法遮掩的滿身傷痕
任由原本無關的小生命
悄悄爬到頭頂
點綴曾經身為一棵大樹
衰敗後
還能自我看重的依據

賣花女

望著來來往往的街道
繁華與熱鬧
是否距離妳寂寥的心
很遙遠
妳的花只開樸素的色彩
妳坐著的紙箱
能否支撐
生活給你的所有重量

風的容顏

捉摸不到的
風的容顏
我該如何向她表白
表白
此生此世的愛戀

啊！風呀風
我愛你
愛你知道天空的寂寞
更愛你
愛你了知逍遙的自在

啊！風呀風
我已然耗盡一生
甘心為你
彩繪多彩多姿的容顏

啊！風呀風
我以一根白髮的寬度
伸向天空的遼闊
感知妳的存在
傾訴對你恆長的愛戀

風的聲音

陶笛的流音
曾經陪伴
從Cuzco前往Machu Picchu
紅色輕快的觀光火車上
西部電影
印地安人騎馬暴力的嘶喊聲
也一路徹底違逆
挨著安地斯山的優雅風向

鶖鷹自在漂浮
在無邊無際的藍天白雲之上
Condor Pasa
Condor Pasa
偶而必須振翅的聲音
詮釋著
天空也只是過客短暫的領地

我仔細傾聽安地斯山風的聲音
那是掌握制空權
嗜吞血肉之軀的王者鷹隼
對於無法獵取的風
所流洩
無比謙卑的音符

遺忘吧

遺忘吧
當我終於成為
一首
告別詩
何必費心典藏
生命向來
只是
時間流裡的沙漏
沒有征服
只能臣服

遺忘吧
遺忘偉大
遺忘微不足道
遺忘隨風而起的
飄零

當葉子掛著季節
一片片
默默地落下
還是
遺忘吧

秋樹

如果我用
我大半身的枯枝
去佔領你視覺所在的
大半天空
你的春天結束以後
夏天也去遠行
你是否回頭
看看我們共同擁有的
其實是一個
離冬天不遠的
殘秋

詩人的能量

我們可曾
為一個詩人敲鑼打鼓
大聲回應他內在的呼喚？

這裡的高山土地上
還有騾子負重的身影
主人賞賜牠牧草鋪陳的臥鋪
日暮後
牠默默咀嚼不思反抗的
悠閒

深夜的空氣多麼冷冽
有人為我斟上一杯烈酒
在巴列霍誕生的故里
Santiago de Chuco

鑼鼓喧騰
我們陪同一群人
走在高低起伏的巷弄街道
為曾經反抗的詩人
奮力吶喊

一個問題

——給Pablo Neruda

我來
以詩　以歌
以海浪的聲音與味道
造訪你的浪漫

我在你的臥房裡流連
默默感受
愛情存在摧毀一個人的力量
如同窗外的波濤
強烈撞擊你給愛人的一個問題

Una Pregunta

你說
愛情不只是
身體與身體的對話
你說

相愛的人都應該堅定信仰
隱藏在愛情裡的祕密

情人們啊！
當愛情來訪的時候
你們必須傾注相互摧毀的能量
攜手進入靈魂的天堂

我來
站在你的床前
細聲朗讀你寫給愛人的一個
問題的顫動

玫瑰

她是一朵玫瑰
曾經含苞迎接青春盛放的
玫瑰

她是一朵玫瑰
曾經因愛撫而夢想陶醉的
玫瑰

她是一朵玫瑰
曾經豔麗於鼻息親吻的
玫瑰

她是一朵玫瑰
竟然忘記自己滿身利刺的
玫瑰

然而
她是漸次萎謝著的一朵
玫瑰
一朵確實曾經
活過的
人間玫瑰

歸鄉路

　　——記巴拿馬內地Santiago
　　曾經遭受白色恐怖的異鄉人

塵沙飛揚千萬里
我是蒲公英的種子
隨著風速　載浮載沉
終於　宿命的落腳在
這沙漠荒涼的小村落

而我的惶恐與寂寞
早已習慣的被稱做「Paisano」[1]
難以被辨識的
古銅黝黑的膚色
是
我不得不被同化的
哀愁

---

[1] Paisano為西班牙語，意為「同胞」。

睡夢中
拼死命也無法逃離的是
白色恐怖無限延伸的魔帳
我　　只好幻化成
一隻自我截肢的蜥蜴
痛斷綿延數十載的
歸鄉路

作者簡介

　　林鷺現為《笠詩社》社務委員兼編輯委員、《台灣現代詩選》編選委員，世界詩人組織成員。自2005年起曾參加我國與蒙古國、古巴、智利、秘魯、突尼西亞、羅馬尼亞、墨西哥的國際詩歌交流活動，以及2015至2019年之淡水福爾摩沙國際詩歌節。

　　出版中文詩集《星菊》(2007)、《遺忘》(2016)、《為何旅行》(2017)、《面向遼闊》(2020)及漢英雙語詩集《忘秋》(2017)與《生滅》(2020)。

英文譯者簡介

　　黃暖婷，現為台灣大學政治學系博士生。

　　任職台灣經濟研究院國際事務處助理研究員期間，曾任2016年我國APEC領袖代表團成員，以及2013、2014和2015年「APEC未來之聲」青年代表團輔導員。

戴茉莉，愛爾蘭科克大學亞洲語言學系對外漢語學碩士畢業。

西元1987年生。愛爾蘭籍。

曾居住台灣台北十五年，現居加拿大溫哥華。

加拿大卑詩省翻譯協會成員。

翻譯及同步翻譯經驗累積達十六年餘。

西語譯者簡介

秦俏
台南人
天主教輔仁大學西班牙語文學系碩士班

· 2019台北國際食品展西班牙肉品聯盟（INTERPORC）展館口譯
　人員
· 《離家265──阿維拉四部曲》作者（獲教育部高教深耕國際翱
　翔計畫補助）
· 輔大之聲廣播電台──「天使佳音」節目製作主持人
· 2017/9-2018/6西班牙阿維拉天主教大學修業
· 中華民國器官捐贈協會新詩創作比賽高中職組全國第一名
· 哥倫比亞詩節譯者
· 《圓的流動──謝碧修西漢英三語詩集》西文譯者

【英語篇】
The Voices of the Sea

CONTENTS

Praise the Andes Mountains

O green Andes Mountains!

Stretching with me into the way far dream,

The scattered tall and big cactuses are fortelling

That hidden in the beauty are depressions and hardships

Twists and turns is the endless road in the mountains

The poets' faces

Pale in the bumpy rocks and valleys outside of the window

O yellow wild chrysanthemums!

As no one cares about you,

Where does your equanimity come from?

O blue sky!

Are you that clean and clear

To embrace the pure and innocent white clouds?

The shepherds are lashing their long whips

To herds of cattle and sheep on the green carpet

The waterfall is reciting

To thank the warmth that broke the freezing cold winter away

O great Andes Mountains!

Full of prides!

In between the teethes biting coca leaves day by day

The songs and rhythms from the ancient culture

Continuously hail to the divine verses

The Sound of the Sea

We are facing the sea together

Silence

Just to leave the sound to the sea

Afternoon sunny

Must hold up an umbrella

Let the coast stretch endlessly

To the past that I do not know how to review

Your weakness

At last

Yielding the bars under your hands

Narrowed your eyes with wrinkles

Trying to resist the sun

The sparkling golden light

I silently write down your silhouette

Would like to tell you

After turning around

And what you yearn for

The towering salt mountain

Stacked up

You are young and refined

This is the last time we go to the sea

Silence is the last dialogue

We put the voice of the hidden family

Into the favorite sea

Home We Go

Mother is not here

We arrange to go home together

The old dog guarding the door

Went to heaven at last

The worn down door of the house

Has been repaired by the siblings nearby

We decide to go home in the early morning

Smell the scent of mother

Looking at the wall

Where Grandma has never left

Tossing and turning in the middle of the night

Thinking of the blanket

How there is no longer a smell of the sun

And nobody asking if the pillow is too high

The hardest to get over

Is to pass the small window of the main door

Where the smell of fish no longer wafts from the kitchen

Wondering if the throat can still

Reach up to the loud sound of announcing

That I am home

Hometown

The thick smell of fish

Awakens the hometown from the morning light

The pink sky tells

That it will be a day free from wind and rain

I breathe strongly

Familiar air across the firewheel flowers

In the middle of the night, from the home where I grew

Comes the whistling of a boat sailing off

It is here that parting

Was once a decision of life and death

The bare bronze skin of the neighbor

Is no longer passed down the generations

Only the rows of trees on the road

Do Not Talk about Politics

The election is here

Whatever you do, don't talk about politics

They jump onto the altar

Claiming that they are

The one true god

You are all

The mortals waiting to be saved

This has nothing to do with politics

Just take care of your own belly

The sky is falling

A god is willing to hold it up for you

This world

Has no prophets

And lack the least disciples

The street is full of qualified

Followers

We still live in a

World that has

Not yet lost freedom

Despite holding

Your loyal banner

Waving it around everywhere

The election is almost here

Whatever you do, don't talk about politics

To Ask the Sun

Many places had been through

Many sunrises and sunsets passed

The same sun

Bears different moods

O Sun!

Up to the mountain down to the sea

Through the volcanos and ice fields

Looking down to the swamps and deserts

All the creatures' evolutions are in your sight

Has your heart

Been in an aging fatigue

Why that many people in hustles and bustles

Are only triggered

By the changes of days and nights

Yet ignoring

If flocks of birds

Freely flying through your beautiful and tender contour

When the dawn comes

The Last Glance

Finally I got to know

That child hidden in my aging body

Weeping in a secret corner

For mourning my mother no longer there

For seeing my mother

My umbrella

Resisted the wind from the sea

roaring all the way

For feeling my mother's breathe

My clothes

Sweated in my trots

Soaked in the relentless rain

It was that day

Slowly, my mother opened up her eyes

To give me her final glance
With her last strength

Mother is no longer there

In the dark night
Alone I weep and weep again
Getting to know that
I'm nothing
But an aging child

Look Out at the Vastness

Looking up at the vastness of the sky

I do not want to be caught up in the details

Watching the ocean waves

I estimate the depth of existence

Awareness

The mind has never been able

To calculate the variables of the future

Careful calculation

There are mountains that the clouds cannot pass over

Birds must sometimes

Build their nests in a wasteland

Tall proud trees

May always fall down without warning

For love

We discuss how, when pain comes

When to stop resuscitating

But trapped in the mud of

An autonomy that cannot be autonomous

I want to, while I am alive

Let go of unimportant details

I look out at the vastness

And listen to the rise and fall of the tide

Stay in a Tribe

The tranquility of a tribe in the deep mountains
Brought out the loudness of dog barks

Finally
The wood smoke from aborigines
Faded away with fatigues in the air

Opening up a window to the mountains
To let the naturally fresh air
Stretch out my body still falling asleep

The dwelling mountains
Is still lying as a black curtain
Yet from the back of the curtain
A whole new day
Is beginning to silently clean up

The clouds and fumes
Left in yesterday's sky

It is our deal
Today we are not rushing
In the deep forest

Red Love Lock

Lock up the commitment of love with a password

Young hearts blushing

Worrying about how many locks to use for a lifetime

To lock love in

The dangers of love

That invade using love

Let the evil heart

Follow the trap designed by hormones

Master a love lock

And then ruthlessly

Set the password

To a plunder full of justification

In this era that requires speed

Disguised fast food love

Uses a key

To measure the speed by which love depreciates

To Find a Reason for Love

In a frenzy July

Their steps

Filled with the alerts of sickness and senescence

The possibility of death

Is discussing the issues of lives

Sweats and Tears

Are striving to irrigate

The determination

That breaking through

From the forsaken times

For love

I am also striving

From the broken window

To find the reasons

That lives should exist

Masks

How many masks must one wear

To live a lifetime

A mask

How much stupid desire must be concealed

Until the driving owner will be satisfied

Ever-changing mask

Living a life of self-defense and invasion

Writing some unknown scripts

If there is love in a mask

It is surely bitter

If the mask contains control and calculation

It is hard work after all

How many masks does one have to remove

To live a lifetime

A Dead Tree

Why a tall tree
That once took its pride
Is now reluctant to leave the land it stands
Despite its body has broken and fallen from the sky

Losing the ability of photosynthesis
Is losing the glamorous green
Defenselessly to expose
The unhidden wounds and bruises
To let irrelevant tiny creatures
Sneaking to its top
To dress up
The leftover prides
That held by a dwindled big and tall tree

A Flower of Vender

Watching the street in heavy traffic

Are the crowds

Distant

From your heart in loneliness

Your flowers are in simple colors

Yet could the cardboard box you are sitting on

Afford

All the loads from your life

Confession to the Wind

How should I confess
Confess my lifelong love
As I can't touch
The appearance of wind

Oh wind, wind
I love you
Love you
because you know
The loneliness of sky
Love you
because you know
The ease of free life

Oh wind, wind
To paint your face with colors
I've spent all my life

Oh wind, wind

With the width of a white hair

I stretch out to the wild sky

To sense your existence

To confess

My affection for a whole life

The Voices of the Wind

Along with the gentle wind from Los Andes

From Cuzco to Macchiu Picchiu

The music from the ocarina

Flow with the red tour train moving forward in allegro

All the way

Against the howling in the Western movie

From the Indians on the horsebacks

The condors flow freely

Upon the boundless blue sky and white clouds

Condor Pasa

Condor Pasa

The occasional flips and flops from the wings

Illustrate

The sky is just a parking lot for the passersby

Hear, hear!

The voices of the wind from Los Andes

Are the venerative notes

Flow from those carnivorous condors already occupy the sky

To the wind they can never seize

Lost in Time

Let it lost in time

When I finally become

A requiem

Let the notes of life

lost in time

Like sands through the hourglass

So are the days of our lives

There people can never conquer the time

But only time can conquer the people

Let everything lost in time

Greatness

Insignificance

Are all leaves on the trees of life

When the season comes

Silently

Leaves are lost in time

So

Let it lost

Let it lost in time

A Tree in the Autumn

If I use

Half of my dry branches

To occupy

A large piece of the sky

In your sight

Following the end of your spring

Too your summer has gone

For a long, long journey

Have you ever turned back

To see

What we bear actually

Is a leftover autumn

Not that far away from the winter

The Power of a Poet

Have we ever

Spoken out loud for a poet

In reply of his inner callings?

On the highland

Left the shadow of the donkey carrying heavy loads

After the sunset

The donkey laid on the manger granted by its lord with hay

Chewing its leisure without resistant sounds

How cold was the air in the midnight

Someone gave me a shot of liquor

In the homeland Vallejo was born

Santiago de Chuco

On the streets and lanes

In group we marched up and down

Speaking out loud with all our efforts

For the poet once made

Resistant sounds

Una Pregunta

——to Pablo Neruda

I come

To visit your romance

With poems

With songs

With the aroma and voices

Of ebbs and flows

Stroll in your bedroom

Silently, I feel

As the tides out of your window

In the tides of love

Conceived a destroying force

In a problem

Breaking your lover

Una pregunta

You said

Love is not limited

In the conversations between the bodies

You said

Those who love each other shall confirm their faith

By hiding their individual secrets of love

Lovers!

When love comes to visit you

You should devote your power of mutual destruction

To break and merge into

The heaven of souls

Rose

She was a rose

A rose who was in her early puberty with expectations

She was a rose

A rose who was fondled and drawn in her illusions

She was a rose

A rose who blossomed in the breath and kisses

She was a rose

A rose who had forgotten her whole body thorns

However

She is a withering rose

A rose

who did live her whole life and legend with soundless paths

The Road Back Home

———In memory of a stranger in Santiago in the
Panamanian interior, who had suffered the
white terror.

The dust blows up to cover ten thousand miles
I am the dandelion seed
According to wind speed sometimes floating sometimes
setting
And last fatally the foot falls there
In that little lonely village in the desert.

And my dread and solitude
Has long since gone by the name of paisano
Almost beyond recognition
Skin color of ancient bronze black
Is
I cannot but be assimilated
Pathos

While dreaming

At the risk of life yet inescapable is

The limitless extension of the devil's canopy of the white

terror

I can only metamorphose into

A self-amputating lizard

Painfully breaking the thread that extends decades of

The road back home

About the Author

LIN Hsueh-Mei (a.k.a. LIN Lu) (b.1955) concurrently serves at the standing committee of the Li Poetry Society, the editorial board of the Li Poetry Magazine, and the jury of annual Taiwan Modern Poetry Collection. She is a member of Movimiento Poetas del Mundo (PPdM). As a poet actively participating in international poetry festivals, since 2005, she attended several international poetry festivals held in Mongolia, Cuba, Chile, Peru, Tunisia, Romania, and Mexico, as well as the annual Formosa International Poetry Festival in Taiwan from 2015 to 2019.

LIN Lu's publications in Mandarin are *Star Chrysanthemum* (2007), *Lost in Time* (2016), *For What to Travel* (2017), and *Facing the Vastness* (2020). She also has two Mandarin-English poetry collections, *Forgetting Autumn* (2017) and *Life and Death* (2020).

About the Translators

Faustina Nuanting Huang is a doctoral student at the department of political science in the National Taiwan University.

During her years serving as an assistant research fellow in the Chinese Taipei APEC Study Center and the Chinese Taipei Pacific Economic Cooperation Committee, she was a member of the Chinese Taipei APEC Leader's Delegation in 2016, as well as the educator of Chinese Taipei APEC Voices of the Future Delegation in 2013, 2014, and 2015.

Emily Anna Deasy was born in Ireland in 1987, and has almost sixteen years of translation and interpreting experience. Emily spent fifteen years of her live living in Taipei, Taiwan. She received her master's degree in TCSOL (Teaching Chinese to Speakers of Other Languages) from University College Cork, Ireland, and is a member of the Society of Translators and Interpreters of BC, Canada, where she currently resides.

【西語篇】
Los Voces del Mar

CONTENIDO

Alabanzas a Los Andes

¡Ay! Los Andes verdes y consecutivos

me acompaña a entrar en el sueño muy lejos

los cactuses altos dispersos

predicen que la belleza está escondiéndo angustia y duro

el camino de las montañas zigzag no tinen salida

la cara de poeta

Palidece en

El camino de piedras y valles con sacudidas

visto por las ventanas del coche

los crisantemos a los que nadie cuide

¿De dónde tenéis la voluntad de expresaros?

el cielo

sirve para abarzar los nubes ingenuas?

el látigo de pastor

se mueve decorando a ganado y a cabras en la carpeta verde

el sonido de catarata

da gracias a sentimientos tiernos que han salido del invierno

¡Los Andes!

El ritmo y el canto de civilización

que están entre los dientes con los que se mastican las hojas de cocaína

le rinde el homenaje a Dios poesía sin parar

El sonido del mar

Nos enfrentamos juntos al mar

silenciar

Sólo para dejarle al mar el sonido

Lo despejado del mediodía

Tiene que levantar el paraguas

Hace que la costa se estire sin frontera

Hacia el pasado que no sabe cómo repasar

Sus pasos débiles

Por fin

Se rinden a las vallas dadas fuerza por las manos

Los ojos con arrugas

Contra la luz dorada saltando el sol con esfuerzo

Yo le apunto la sombra secretamente

Tengo ganas de decirle que

Después de dar la vuelta

Hay montañas de sal blancas y altas

Que ansias

apiladas

Por el color del pelo que le refine la adolescencia

Esta es la última vez que vimos el mar

El silencio se trata de los últimos diálogos

Le dejamos el querido mar

El sonido ocultando el amor parental

Nos vamos a casa

No está mi mamá

Nos quedamos a volver a casa

El perro viejo que guarda la puerta

Finalmente está en paraíso también

La puerta gastada de casa

Hermanos y hermanas vivendo por aquí la han arreglado

Nos decidimos a regresar a casa temprano en la mañana

Oliendo a la madre

Y vemos a la abuela en la pared

Que nunca se fue

Quedo sin dormir

Se me ocurre que

No vuelve a olerlo el sol al edredón

Nadie pregunta si es tan alto el almodón

Lo más difícil es pasar

Las ventanillas por las que llega a la puerta

Nunca hay olor de pescado flameando de la cocina

Duda si es necesario

Subir el volumen

Para anunciar que ya llegamos a casa......

Casa

Olor a pescado fuerte

Le despierta al pueblo natal en el primer rayo de la mañana

El cielo rosado predice que

Es un día radiante

Respiro con fuerza

Cruzando el aire familiar de crisantemo

El silbido del barco saliendo

Viene de casa a la medianoche

La despedida por aquí

Ha sido alguna vez una sentencia de vida o muerte

La piel morena que tiene el vecino desnudo

No vuelve a substituirse generaciones

Sólo hay hilera de árboles

Aún mantiene el cuerpo indomable

Contra el viento fuerte

La política, fuera de boca

Las elecciones ya llegan

No habléis de la política

Ellos suben al altar saltando uno a uno

Y reclaman que

Ellos mismos son Dios y que

Vosotros sois

Mortales esperando a que los salven

Esto no tiene que ver con la política

Lo que más importante es cuidarte bien

El cielo colapsa

Está Dios que tiene ganas de soportarlo por ti

En este mundo

No hay profetas

Y apóstoles basicos tampoco

Por la calle están

seguidores

seguimos viviendo en

un mundo con libertad

a pesar de que te sostienes

la bandera a la cual te dedicas

y la blandes

las elecciones van por venir

Nunca habléis de la política, vosotros

Al sol, pregunto

¿Por cuántos lugares ha pasado?

¿Cuántos salidos y puestos del sol ha contemplado?

El mismo sol

Pero se siente diferente

¡Sol!

Tú subes a las montañas y bajas a los mares

Caminando por volcanes y campos de hielo

Y miras pantanos y desiertos desde arriba

Ves los cambios de todo de manera exhausiva

Tu corazón

¿Se ha sentido alguna vez agotado y anciano?

Hay tanta gente que vive

Por qué solo quedan

percepciones de los intercambios de noches y días?

No importa si haya aves vueltas que baten las alas

cuando el anochcer llega

por tu rostro bonito y tierno

pasa volando libremente

La última vista

Por fin sé que

Cuando sea mayor como si fuera un niño

Porque no veo a mamá

Lloro secretamente escondiéndome

Para ver el paraguas

cogido por mamá

Contra el viento del mar fuerte que sopla

Para acariciar la respiración de mamá

La lluvia sin corazón

Me hace pegando la ropa mojada

En este día mismo

Mama se esfuerza abriendo los ojos

Y me ve

Por la última vista

No vuelvo a ver a ella

Por la noche
Sollozo silenciosamente solo sin parar
Yo soy nada pero
Un niño viejo

Mirar lo grande

Mirar lo vasto del cielo

No quiero que me aten los detalles

Veo las olas

Estimando la profundidad actual

Y me doy cuenta que

El cerebro siempre no es capaz

De considerar

Las variables del futuro

Las nubes tienen las montañas que no pueden cruzar

A veces los pájaros

Tiene que anidar en

El árbol arrogante

Siempre se colapsa sin aviso alguno

Cuando hablamos de

Los mejores momentos en los que dejamos primeros auxilios

Cuando viene el sufrimiento

Resulta que

Nos asiden las pantanos de autonomía que no es autónoma

Quiero quitar los detalles que no me importan

Durante la vida

Mirar lo grande

Escuchando el vaivén de las olas

Una noche en tribu

El silencio de la tribu en las montañas

Hace que ladrillos de perros sea especialmente altos

El humo de las mederas quemadas por indígenas

Se esfuma por el aire

Con cansancio

Abrir las ventanas hacia las montañas

Hace que el fresco sin aire condicional

Estire el cuerpo dormido

Las montañas

Un telón negro

Un día nuevo

Detras de telón

Se pone a limpiar silenciosamente

Las nubes que quedaron en el cielo ayer

Nos decidimos a

No correr

en la selva

Cerradura roja de amor

Cerrar las promesas de amor con contraseña

El corazón joven y rojo

molesta que cuántas cerraduras se necesiten

para encerrar el amor

las crisis del amor

están invadiendo con el amor

hace que el mal corazón

siga las trampas diseñadas por hormona

controlar una cerradura de amor

y adjusta el código

sin ninguna compasión

a robos llenos de legitimidad

en la época cuando exigen la velocidad

El amor de comida rápida disfrazado

mide la velocidad que devalua el romance

con una llave

Buscar la razón para el amor

En julio caluroso

Pasos congestionados por

La advertencia de dolores y el envejecimiento

La posibilidad de fallecer

Hablando del tema sobre la vida

El sudor y la lágrima

En un período abandonado

Se esfuerzan irrigando

La fuerza de voluntad lanzada

Por el amor

De las ventanas antiguas y rotas

Lucho buscando

La razón que existe la vida

Máscara

Cuántas máscaras lleva una persona

para pasar una vida

Cuántos deseos inquietos va a descubirir

Una máscara

Con el fin de satisfechar al dueño

La máscara variable

Pasa una vida de defensa y agresiva

Escribiendo un guión desconocido

Si una máscara tuviera amor

Se sentiría angustiado

Si una máscara tuviera conspiraciones ocultado

Se sentiría duro

Cuántas máscaras quitan una persona

para pasar una vida

El árbol marchitado

Un árbol que estaba arrogante

¿por qué se rompe el cuerpo

sin ganas de salir de la tierra que está de pie

perder

la capacidad de proceder la fotosíntesis

también

el heroísmo verde brillante

no puede hacer nada pero desnuda

las cicatrices que no se puede ocultar

deja que los pequeñitos sin relaciones

suban a lo alto secretamente

para decorar las pruebas

que sigue teniéndose en alta estima cuando era un árbol

despúes de marchitarse

Vendedora de flores

Mirando la calle llena de gente

Prosperidad y bullicio

son muy lejos de tu corazón solitario?

Te florecen las flores solamente colores discretos

La caja de cartón sobre la que te sientas

Es capaz de apoyarte

Todas las cargas dadas por la vida

Confesión al viento

Cómo debo confesar

Confieso mi amor para toda la vida

Ya que no puedo tocar la apariencia del viento

Oh viento, viento

Te amo

Te amo

Porque tu sabes

La comodidad de la vida libre

Oh viento, viento

He pasado toda mi vida

pintándote la cara con colores

Oh viento, viento

Con el ancho de un cabello blanco

Me estiro al cielo indómito

Para sentir tu existencia

Para confesarte

Mi afecto de toda mi vida

Los voces del viento

Junto con el viento amable desde Los Andes

Desde Cuzco hasta Macchiu Picchiu

La música de la ocarina

Corre con el tren rojo turístico moviento en allegro

De toda la ruta

Contra los aullidos en las películas Wéstern

Desde los Indios a los caballos

Los condores volan libremente

Sobre el cielo azul y las nubes blanco

Sin frontera

Condor pasa

Condor pasa

A veces los sonidos de alas

Demonstran

El cielo es sólo un estacionamiento

Por las transeúntes

¡Escuche, escuche!

Los voces del viento desde Los Andes

Son las notas venerandos

Desde los condores carnívoros que

Al viento lo que núnca agarran

Erder en el tiempo

Deja que se pierda en el tiempo

Cuando finalmente me convierta en un réquiem
Deja que las notas de la vida
Se pierdan en el tiempo
Como arenas a través del reloj de arena
Así son los días de nuestras vidas
Aquella gente nunca puede conquistar el tiempo
Sólo el tiempo puede conquistar a la gente

Deja que todo se pierda en el tiempo
Grandeza
Insignificancia
Son todas hojas en los árboles de la vida
Cuando llegue la estación
En silencio
Las hojas se pierdan en el tiempo

Entonces

Deja que se pierda

Deja que se pierda

en el tiempo

海的聲音
The Voices of the Sea · Los Voces del Mar

El árbol en otoño

Si yo ocupo el cielo

En el cual están tus vistas

Con mi cuerpo

Que es marchitado mayormente

Después de que acabe tu primavera

El verano se va de lejos

Te vas a dar la vuelta

para ver si tenemos en común

El otoño incompleto en realidad

Que está cerca del

Invierno

El poder del poeta

¿Hacemos

Denunciado por un poeta

Que respuestamos sus vocaciones?

En las tierras altas

Se dejara la sombra del burro que carga pesadas

Después de la puesta del sol

El burro se acostó en el pesebre consedido de su señor con heno

Chupado su ocio sin resistencia

Qué es el aire de medianoche

Alguien me dió un chupito de licor

En la terra que Vallejo nació

Santiago de Chuco

En las calles marchamos de arriba abajo

Hablamos en voces altas con todos fuerzos

Por el poeta que manifestaba

Las voces resistancias

Una pregunta a Pablo Neruda

Vine a conocer tu amor

con poemas, con canciones,

con aroma y las voces.

Que vienen y van.

Caminando a tu lado,

en silencio

próximo a tu ventana

percibo la violencia de las olas,

siento las mareas del amor,

y noto cómo se ha arrasado tu amor.

Una pregunta

Dijiste

que el amor no tiene límites

cuando los cuerpos conversan.

Dijiste que aquellos que se aman

Deberían hacerlo con convicción

escondiendo sus secretos.

¡Amantes!

Cuando el amor les visite

esmérense en destruirse mutuamente,

para romperse y fusionarse

en destruir y fundirse en el paraíso de las almas.

Aquí estoy,

alzada al lado de tu cama,

susurrando la pregunta palpitante

que le escribiste a tu amante.

¡Oh, adorable poeta mío!

En los susurros aun siento, lejos de tu luminosa ventana,

los poemas de amor que luchuan entre el soy y las mareas

en el frenesí de las volubles sombras.

~ En la casa de Pablo Neruda, Valparaíso, Chile.

Rosa

Era una rosa,

una rosa

en el umbral de su temprana pubertad llena de esperanzas.

Era una rosa,

una rosa

acariciada y reposada en sus ilusiones.

Era una rosa,

una rosa

que emergía entre el aliento y los besos.

Era una rosa,

una rosa

que no recordaba las espinas de su cuerpo virginal.

Sin embargo,

es hoy una rosa marchita,

una rosa

que ha vivido toda su vida,

y su leyenda

en mudas sendas.

El camino de vuelta a casa

> ——En homenaje a un desconocido en Santiago,
> en el interior panameño, que sufrió el terror
> de los blancos.

El viento sopla en ráfagas y cubre las diez mil millas

en que habito,

como si fuese una grácil semilla de diente de león,

que flota o se para con los caprichos del viento.

La fatalidad me ha retenido en un pubeblo olvidado y perdido.

Y mi temor y mi soledad

se refuerzan al escuchar la palabra "paisano".

Me reconocen

por mi ancestral piel negra, piel de bronce.

El peligro me ha encontrado durante el sueño,

e, inevitablemente, mi vida parecía escaparse.

Hallé al diablo vestido en blanco,

y únicamente puedo transmutarme

en un lagarto auto amputado

que, muy afligido,borra

el rastro de décadas

el rastro de décadas

de camino de regreso a casa.

Poestisa

LIN Hsueh-Mei (alias LIN Lu) (n.1955) es un miembro de la comisión directiva de la Sociedad de Poesía Li, miembro de la junta editorial del Periódico de Poesía Li, y jurado de la Colección anual de Poesía Taiwanesa Moderna. También es un miembro del Movimiento Poetas del Mundo (PPdM). Cómo una poeta activa en los festivales internationales, desde 2005, tomó parte en los festivales de poesía internacionales en Mongolia, Cuba, Chile , Perú, Túnez, Rumania, y México. Además, desde 2015 hasta 2019, participó en el Festival Internacional de Poesía de Formosa celebrado en Taiwán anualmente.

Sus publicaciones en Chino incluyen *Crisantemo Estrella*《星菊》(2007), *Perdido en el Tiempo*《遺忘》(2016), *Por Qué Viajar*《為何旅行》(2017), y *Al Frente a la Inmensidad*《面向遼闊》(2020). También tiene dos colecciones poesias bilingüe en chino y inglés, *Olvidando el Otoño*《忘秋(Forgetting Autumn)》(2017) y *La Vida y Muerte*《生滅 (Life and Death)》(2020).

Traductor

Chin Yi

Taiwanés

Estudiando máster de departamento de Lenguas y Culturas Hispánicas, FJCU

- Traductor de INTERPORC de 2019 Taipei Food Exhibition
- Autor de "Las Cuatro Estaciones de Ávila"(patrocinado por Ministerio de Educación)
- Locutor de Radio de FJCU
- Intercambio de Erasmus 2017/9-2018/6 en la Universidad Católica de Ávila
- El campeón de concurso de poema celebrado por ORGAN DONATION ASSOCIATION, R.O.C
- Traductor en el Festival Internacional de Poesía de Medellín
- Traductor de «*El Flujo de Lunares*»

語言文學類　PG2578　台灣詩叢15

海的聲音
The Voices of the Sea・Los Voces del Mar
——林鷺漢英西三語詩集

作　　者/林鷺（Lin Lu）
英語譯者/黃暖婷（Faustina Nuanting Huang）、戴茉莉（Emily Anna Deasy）
西語譯者/秦佾（Chin Yi）
叢書策劃/李魁賢（Lee Kuei-shien）
責任編輯/陳彥儒
圖文排版/周妤靜
封面設計/劉肇昇

發 行 人/宋政坤
法律顧問/毛國樑　律師
出版發行/秀威資訊科技股份有限公司
　　　　114台北市內湖區瑞光路76巷65號1樓
　　　　電話：+886-2-2796-3638　傳真：+886-2-2796-1377
　　　　http://www.showwe.com.tw
劃撥帳號/19563868　戶名：秀威資訊科技股份有限公司
　　　　讀者服務信箱：service@showwe.com.tw
展售門市/國家書店（松江門市）
　　　　104台北市中山區松江路209號1樓
　　　　電話：+886-2-2518-0207　傳真：+886-2-2518-0778
網路訂購/秀威網路書店：https://store.showwe.tw
　　　　國家網路書店：https://www.govbooks.com.tw

2021年7月　BOD一版
定價：200元
版權所有　翻印必究
本書如有缺頁、破損或裝訂錯誤，請寄回更換

讀者回函卡

國家圖書館出版品預行編目

海的聲音：林鷺漢英西三語詩集 = The voices
of the sea = Los voces del mar/林鷺著；黃暖
婷(Faustina Nuanting Huang), 戴茉莉(Emily
Anna Deasy)英譯；秦佾(Chin Yi)西譯. -- 一
版. -- 臺北市：秀威資訊科技股份有限公司,
2021.07
　　　面；　公分. -- (語言文學類；PG2578)(台
灣詩叢；15)
　　BOD版
　　中英西對照
　　ISBN 978-986-326-921-2(平裝)

863.51　　　　　　　　　　　110009375